PLATÃO NO PAÍS DOS PARADOXOS

COLEÇÃO PEQUENOS FILÓSOFOS

O homem mais sábio do mundo

A caverna misteriosa

O maravilhoso reino de Atlântida

Platão no país dos paradoxos

Emiliano Di Marco

PLATÃO NO PAÍS DOS PARADOXOS

Ilustrações de
Massimo Bacchini

Tradução de
Gabriel Bogossian

ROCCO
JOVENS LEITORES

Título Original
SPALLONE NEL PAESE DEI PARADOSSI

EDITORA ROCCO LTDA.
Avenida Presidente Wilson, 231 – 8º andar
20030-021 – Rio de Janeiro – RJ
Tel.: (21) 3525-2000 – Fax: (21) 3525-2001
rocco@rocco.com.br | www.rocco.com.br

Printed in Brazil/Impresso no Brasil

preparação de originais
MYRTHES LAGES

CIP-Brasil. Catalogação na fonte.
Sindicato Nacional dos Editores de Livros, RJ.

D524p Di Marco, Emiliano
Platão no País dos Paradoxos / Emiliano Di Marco;
ilustrações de Massimo Bacchini; tradução de Gabriel Bogossian.
Primeira edição – Rio de Janeiro: Rocco Jovens Leitores, 2012.
il. – (Pequenos filósofos)
Tradução de: Sapallone nel paese dei paradossi
ISBN 978-85-7980-093-1
1. Platão, 427-347 a.C. – Literatura infantojuvenil.
2. Sócrates – Literatura infantojuvenil. 3. Filosofia antiga
– Literatura infantojuvenil. 4. Literatura infantojuvenil italiana.
I. Bacchini, Massimo. II. Bogossian, Gabriel. III. Título. IV. Série.
11-6708 CDD – 028.5 CDU – 087.5

O texto deste livro obedece às normas do
Acordo Ortográfico da Língua Portuguesa.

PLATÃO NO PAÍS DOS PARADOXOS

Esta história aconteceu há muito tempo, na Grécia, uma terra habitada por um povo cheio de criatividade e imaginação. Graças a essas características e ao fato de que eram um povo de marinheiros, e, portanto, um pouco mentirosos, os gregos descobriram muitas coisas e inventaram muitas lendas. Hoje, obviamente, os marinheiros contam muito menos mentiras, mas naquele tempo eram terríveis: quando viam um peixinho nadando placidamente no mar, voltavam ao porto dizendo que tinham lutado contra um monstro marinho de sete cabeças e vinte braços.

Talvez tenha sido para resolver esse problema que muitos gregos começaram a se perguntar o que seria a

verdade e o que seria a mentira, e como seria possível diferenciá-las. Era um problema que os deixava tão apaixonados, mas tanto, que alguns deles se dedicavam a essa questão dia e noite, dando origem a uma profissão muito particular: homens que pensavam o dia todo, chamados filósofos.

Os filósofos eram queridos e respeitados por todos, e muitos queriam ser como eles, inclusive porque eram convidados para festas e banquetes, e, no fim das contas, não pareciam trabalhar muito. Um pouco como os jogadores de futebol de hoje em dia, por exemplo.

Porém, ser um grande filósofo era muito difícil e demorava um tempo enorme. Era preciso estudar desde pequeno e treinar continuamente para refletir sobre questões muito difíceis.

Entre muitos meninos que queriam ser filósofos, havia um que se chamava Arístocles, mas que todos chamavam de Platão, porque tinha os ombros muito largos. O seu sonho era descobrir o que era a Verdade, mas, para fazer isso, sabia muito bem que precisaria de um bom professor.

Enquanto o procurava, viveu muitas aventuras. Por fim, depois de ter pedido até mesmo a ajuda de um deus, conseguiu encontrar o melhor professor que havia na Grécia naquela época: um homem muito sábio chamado Sócrates.

Sócrates, contudo, era um sujeito um pouco estranho. Gostava muito de dormir, odiava as pessoas metidas e, para ensinar, em vez de ele mesmo apresentar os conceitos, fazia com que seus alunos os descobrissem sozinhos, depois de muitas e muitas perguntas.

Apesar de ser um menino muito inteligente e cheio de amor pela sabedoria e pela verdade, Platão era também muito impaciente, muito curioso e um pouco chato. Sabia que Sócrates era o melhor professor do mundo, mas de vez em quando perdia a paciência com todas aquelas perguntas. Às vezes, pensava que seria muito melhor se Sócrates dissesse logo as coisas, sem dar tantas voltas nem perder tanto tempo, e a nossa história começa justamente em um desses dias.

Platão e Sócrates caminhavam lado a lado, como de costume, perto de um pequeno bosque. Estava muito

quente, e a hora do almoço se aproximava, mas Sócrates parecia não se dar conta disso e falava sem parar. Em certo momento, Platão perdeu a paciência e disse:

– Professor, posso lhe fazer uma pergunta?

– Pode falar – respondeu Sócrates, que já imaginava o que era.

– Por que devo ser sempre eu a responder? Por que você não me explica o que sabe e pronto?

Sócrates, que era uma pessoa muito paciente, em vez de lhe dar um cascudo, como gostaria, tentou fazê-lo raciocinar.

– Então me diga, o que você gostaria que eu te ensinasse?

"Viu, mais uma pergunta", disse uma vozinha na cabeça de Platão, que respondeu:

– A verdade. É por isso que estou aqui.

– A resposta à sua pergunta é tão simples que qualquer um poderia chegar a ela sozinho...

"Vamos ver", replicou a vozinha.

– ... mas como você quer que eu te diga, vou te contar o grande segredo da verdade. Está pronto?

– Claro que estou pronto! – exclamou Platão, que não cabia mais em si.

– O grande segredo da verdade é que ninguém a conhece, nem mesmo eu. Eis por que não posso ensiná-lo.

Platão ficou muito decepcionado, convencido de que seu professor estava brincando.

– Como assim? E por que, então, estou estudando?

– Para não dizer besteiras como essa.

Ao ouvir a resposta, Platão ficou chateado. Sócrates percebeu e tentou fazê-lo refletir.

– Veja, o caminho que leva à verdade é muito comprido e trabalhoso. É tão longo que não basta uma só vida para percorrê-lo.

– Talvez ninguém tenha sido inteligente o suficiente – respondeu Platão, teimoso.

– Saiba que muitos eram mais inteligentes que você e eu, mas foram mal aconselhados pela pressa. Para chegar às respostas, é preciso, primeiro, saber quais são as perguntas certas. Muitos encontraram as respostas adequadas, mas elas não serviram de nada, porque haviam feito a pergunta errada.

Platão nem respondeu, pois tinha certeza de que seu professor estava escondendo alguma coisa. Sócrates percebeu que não valia a pena insistir e, como estavam perto de um bosque aconchegante, teve uma ideia.

– Olhe, eu acho que você está um pouco cansado, e talvez tenha pegado muito sol também. Vamos descansar um pouco debaixo daquela árvore; quem sabe as ideias não ficam mais claras depois?

Platão nem teve tempo de responder, Sócrates já tinha se deitado e roncava como um dragão.

Ele ficara sozinho no bosque. A raiva estava passando, e começava a se sentir muito cansado. Dentro da sua cabeça, a vozinha sugeriu: "Durma um pouquinho também. O que foi, está com medo que a verdade te escape por causa de um simples cochilo?"

Platão pensou um pouco e concluiu que, no fim das contas, não tinha razão; e sabia, além disso, que, quando Sócrates dormia, nem todos os deuses do Olimpo conseguiriam acordá-lo, mesmo se tentassem com afinco.

Por isso, deitou-se, e depois de um tempo adormeceu. Naquela época, às vezes acontecia de as pessoas terem sonhos muito especiais, nos quais tinham gran-

des ideias. O destino quis que Platão, naquele bosquezinho, tivesse justamente um sonho desses.

Quando abriu os olhos, seu professor tinha desaparecido. Isso lhe pareceu um pouco estranho, porque Sócrates nunca fizera nada semelhante.

Antes de conseguir entender o que estava acontecendo, Platão ouviu um barulho que vinha dos arbustos. Virou-se e viu um homem muito bonito, muito alto e muito forte, correndo como um desesperado, como se um monstro feroz o estivesse seguindo.

Platão olhou bem, mas não viu monstro algum, e se perguntou por que aquele senhor estaria com tanta pressa.

"Você poderia se aproximar e perguntar a ele", sugeriu a vozinha, "assim talvez ele explique também onde estamos e que fim levou Sócrates."

Platão começou a correr atrás dele, mas o outro era tão rápido que não foi fácil alcançá-lo.

– Moço? Moço? – começou a gritar, já sem ar.

– Desculpe, garoto, mas não posso parar – respondeu então o sujeito, que estava mais cansado que Platão.

– Com licença, mas eu me perdi. O senhor não viu meu professor? – perguntou Platão, tentando manter o ritmo da corrida.

– Olhe, eu não vi ninguém, exceto você e aquela maldita tartaruga – respondeu o senhor, indicando um animalzinho que caminhava muito lentamente diante deles. O mais estranho é que, por muito que corressem, nem o homem nem Platão conseguiam mover-se um milímetro para alcançar a tartaruga. Continuaram por mais algum tempo e, depois, completamente vermelho por causa do esforço, o homem caiu no chão, com a língua de fora.

– Pelos deuses! O senhor se machucou? – perguntou Platão.

– Não se preocupe, ele está acostumado. Além disso, é invulnerável: não poderia se machucar nem que quisesse – respondeu a tartaruga.

Ouvindo-a falar, Platão arregalou os olhos, pensando que tinha ficado maluco.

– O que foi? – perguntou a tartaruga, um pouco ofendida.

– Bom... eu... Você fala?

– Só quando tenho alguma coisa inteligente a dizer. Não sou como você, pelo visto – respondeu a tartaruga.

Tudo aquilo começava a ficar estranho demais. Primeiro, o desaparecimento de Sócrates; depois, o homem que corria sem sair do lugar e, agora, a tartaruga falante. Platão começou a ficar tonto e sentou-se no chão.

Enquanto isso, o homem, sempre ofegante, tentava ficar de pé novamente. Platão quis ajudá-lo, mas ele recusou com um gesto.

– Eu, ajudado por um menino? De jeito nenhum! Você sabe quem sou?

– Alguém que deveria parar de me seguir – disse a tartaruga.

Fingindo não tê-la escutado, o homem continuou:

– Eu sou Aquiles, conhecido como “pé veloz”, o herói mais heroico de todos os heróis da Grécia e dos países próximos, ilhas incluídas!

Platão arregalou os olhos e abriu a boca mais uma vez. Aquiles era realmente um grande herói e o guerreiro mais forte que já existira, além de ser o ídolo de todos os meninos da Grécia. Exatamente como um jogador de futebol dos dias de hoje, por exemplo. Sua mãe era uma deusa chamada Tétis, e tinha dado ao filho mais beleza, força e coragem que a qualquer mortal. Como todas as mães, Tétis era um pouco preocupada, e havia banhado Aquiles em um rio mágico para se sentir mais calma. Quem tomasse banho naquelas águas teria o corpo protegido para sempre. Mas como não queria que o filho se afogasse, ela o havia segurado por um calcanhar, o qual, por não ter sido molhado pelas águas mágicas, era a única parte vulnerável do seu corpo, o famoso calcanhar de aquiles. Para dizer a verdade, Aquiles tinha outro ponto fraco: não era lá muito inteligente e, por ser tão cabeça-dura, brigava com todo mundo. Mas, quando começava a brigar, ninguém ganhava dele. Além de tudo, era mesmo muito rápido, tão rápido que, de noite, antes

de ir para a cama, soprava a vela e se deitava antes que o quarto estivesse escuro. Por causa dessas habilidades, os seus feitos tinham sido cantados por todos os grandes poetas da Grécia, em especial por Homero.

Platão não conseguia acreditar que tinha encontrado uma celebridade dessas e, curioso como era, começou a fazer um monte de perguntas.

– Aquiles? Mesmo? O grande herói?

– Em pessoa, garotinho. E agora você vai ter a honra de me ver na minha missão mais importante.

– Correr atrás de uma tartaruga? – perguntou Pla-

tão, duvidando um pouco.

– Exato, meu filho. Eu estava andando pelo bosque e de repente tive uma vontade enorme de tomar sopa de tartaruga. Vi aquele animal danado e comecei a correr atrás dele, mas te garanto, não há maneira de alcançá-la.

– Deve ser uma maldição – arriscou Platão.

– Maldição coisa nenhuma. É uma história muito simples, e eu já a expliquei mil vezes. Mas ele não me dá ouvidos – disse a tartaruga.

Assim que ouviu aquelas palavras, Aquiles dos pés velozes se irritou de novo e recomeçou a correr como um louco, gritando:

– Você não vai se salvar com essa falação, sua sopa de quatro patas!

Contudo, por muito que corresse, não conseguia alcançar a tartaruga e, depois de um tempo, caiu no chão novamente, exausto.

– Mas como é possível? – perguntou Platão.

– Como eu disse, é muito simples. Se quiser posso explicar em duas palavras – respondeu a tartaruga, muito tranquila. – Então, garotinho, Aquiles é muito mais rápido do que eu e me alcançaria se eu ficasse parada. Mas começou a correr depois de mim, e enquanto ele dá um passo, eu dou um passinho, certo?

– Sim, certo – concordou Platão.

– Bom, com o primeiro passo, ele não consegue me alcançar, porque estou um pouco mais à frente. Então, ainda falta um pouquinho para que ele chegue até mim. Digamos que falte mais um passo, certo?

– Certo – respondeu Platão.

– Perfeito. Ora, se ele quer dar um passo, antes precisa dar meio passo. E nesse tempo eu dou outro meio passinho, certo?

– Certo – disse Platão, pensando um pouco.

– Então Aquiles, mesmo sendo muito mais rápido que eu, antes de dar outro passo, terá que dar um quarto de passo. Eu, no mesmo tempo, darei um quarto de passinho, ele ainda não me alcançou e eu estou um pouco mais adiante. Para resumir a história, você quer saber quando Aquiles chegará aonde estou? Quando encontrar uma distância que não puder ser dividida na metade.

Dessa vez Platão pensou bem, mas, por mais que se esforçasse, não conseguia encontrar um número tão pequeno que não pudesse ser dividido na metade.

Naquela hora, Aquiles se levantou de novo e, cada vez mais irritado, gritou:

– Sempre com essa conversa mole! Esses números têm que acabar alguma hora, ou não?

Platão percebeu que ali estava o problema: não havia um número menor que os outros, um tão pequeno que não pudesse ser dividido, porque eles são infinitos. Para sua surpresa – e da vozinha também – teve que admitir:

– Uma distância que não pode ser dividida pela metade não existe!

– É por isso que aquele burro não vai me alcançar nunca. Não é uma maldição, como você pode perceber – respondeu tranquilamente a tartaruga, enquanto Aquiles se esborrachava no chão pela terceira vez.

Platão continuava refletindo e devia admitir que o raciocínio da tartaruga não tinha nenhuma falha. Era simples e verdadeiro, apesar de lhe parecer impossível que o homem mais veloz do mundo não conseguisse alcançar uma tartaruga.

– Mas em que raio de lugar vim parar? – perguntou-se Platão, desconcertado.

– Este é o país dos Paradoxos. Fica nos confins do Império da Lógica, onde estão guardados os segredos da verdade.

Ouvindo essas palavras, Platão ligou as antenas.

– Quer dizer que você sabe o segredo da verdade? Toda a verdade, nada mais que a verdade?

– Eu sei como chegar nele. Se quiser, posso te acompanhar por um tempo, mas aviso que é um caminho longo e perigoso, com muitas armadilhas.

Para Platão não havia perigo suficientemente grande quando se tratava de encontrar a verdade, chegando aonde nenhum homem estivera antes. Foi por isso que, com grande entusiasmo, respondeu:

– Por favor, me leve em direção à verdade!

Assim, Platão e a tartaruga se encaminharam para o bosque, enquanto, atrás deles, Aquiles continuava se levantando, correndo e caindo morto de cansaço de novo, sem conseguir alcançar os dois.

– Com certeza ele é muito obstinado – comentou Platão.

– Não, só é burro – retrucou a tartaruga.

– Mas, espere um pouco, o que seria essa tal de Lógica? – perguntou Platão.

– São as regras que permitem colocar lado a lado uma série de raciocínios e reflexões. Se forem seguidas, partindo de um raciocínio verdadeiro, chega-se sempre a conclusões verdadeiras – explicou a tartaruga.

– Mas então chegar à verdade é muito fácil! Basta seguir essas regras, não é?

– Ah, não, garotinho, é por isso que o superfortão aqui atrás corre e corre, mas não me alcança nunca. Se você souber algo verdadeiro, chegará a uma outra verdade. Mas como demonstrar que o raciocínio do qual se parte é verdadeiro?

– Com outro raciocínio, acho.

– Muito bem. E este outro raciocínio, como saber se é verdadeiro?

– Com mais outro raciocínio?

– Exato. E assim até o infinito, até que algo seja encontrado de verdadeiro que dispense demonstrações. Este "algo" é justamente a Verdade, e ninguém ainda a encontrou. E usando só a Lógica, não vai encontrar nunca.

Platão começava a ficar um pouco tonto com essas coisas que continuavam até o infinito sem parar nunca. Estava até um pouco enjoado.

Nesse meio-tempo, tinham chegado a um lugar estranho, todo cheio de árvores tortas, que davam medo só de vê-las. Assim que se deu conta disso e olhou em volta, ouviu a vozinha dizer: "Parece que nos demos mal de novo." Confirmando o seu medo, apareceram dois seres estranhíssimos, que de repente estavam plantados diante deles. Tinham a cabeça de homem e o corpo de corvo, e sorriam com um ar maldoso.

– E esses dois, quem são? – perguntou Platão, preocupado.

– Nossos nomes são Córax e Tísias, e somos os sofistas malignos – disse Córax, o maior deles.

– Isso, os sofistas – acrescentou o outro.

– Eles são os primeiros guardiões que você deverá enfrentar para chegar à verdade – explicou a tartaruga. – Tome cuidado, pois são muito perigosos.

– Perigosos, esses passarinhos? – disse então Aquiles, que tinha acabado de se levantar. – Não me faça rir! Eu depeno os dois em menos de cinco minutos, depois ainda faço uma sopa de tartaruga.

Aproximou-se todo confiante dos dois estranhos seres, gritando:

– Seus monstros!

– Monstros? Olha quem fala, com esses chifres! – respondeu Córax.

– Chifres? Mas eu não tenho chifres – disse Aquiles, um pouco confuso. Córax sorriu.

– Permita-me demonstrar o contrário. Você tem tudo aquilo que não perdeu, certo?

– Claro que sim – respondeu o grande guerreiro.

– Muito bem. Você já perdeu chifres alguma vez?

– Claro que não.

– Então você tem chifres!

Assim que Córax terminou de pronunciar essa frase, despontou na testa de Aquiles um belo par de chifres, compridos e pontudos. Platão, assim que viu a cara com que ficou o mais heroico dos heróis da Grécia, começou a rir.

– Do que você está rindo, garotinho? – perguntou Córax. – Acha que é muito bonito, com esse rabo?

"Ah, isso não vai acabar bem", disse a vozinha, enquanto Platão parava de rir e procurava uma resposta.

– Você não pretende dizer que perdeu o rabo, não é mesmo? – insistia Córax.

– Bom, não, mas...

– Então você tem rabo!

E num segundo nasceu um rabo enorme em Platão.

– Por Zeus! Tartaruga, por favor, me ajude! – implorou Platão.

– Eu avisei que era perigoso. Agora, você vai precisar sair da encrenca sozinho. Não posso ajudá-lo – disse a tartaruga.

– Ninguém pode ajudá-lo! – continuou Córax. – Está vendo aquele cipreste lá atrás? Era um geômetra! – disse, indicando uma árvore toda torta.

– Aquilo não me parece um cipreste – disse Platão, que mesmo com o rabo continuava respondão.

– Os geômetras realmente não são grande coisa como ciprestes. Já você, vai ficar um ótimo macaco, com esse pelo!

E Platão ficou coberto de pelos, dos pés à cabeça. Ia ser um grande problema explicar aos seus pais que tinha saído para estudar para ser filósofo, mas virara um macaco. Decidiu que precisava fazer alguma coisa.

"Seja rápido! Não quero acabar dando conselhos a alguém que passa os dias pulando nas árvores!", apressava-o a vozinha.

Pedir ajuda à tartaruga não era uma opção. Mas Platão lembrou o que ela havia dito pouco antes sobre regras e o fato que só se chega à verdade quando se parte de uma premissa verdadeira.

"Então, se você não é um macaco, quer dizer que as regras estão erradas ou que aqueles dois passarinhos partem de um raciocínio equivocado!", disse a vozinha.

Em um segundo, Platão entendeu o truque e se virou para Córax.

– Eu não tenho nem rabo nem pelos! – afirmou, com muita segurança.

Córax respondeu:

– Como não? Você tem tudo aquilo que não perdeu, e não perdeu o rabo, nem os pelos.

– É, o rabo e os pelos! – confirmou Tísias.

– Sim, mas o ponto é que eu nunca tive rabo, e por isso não posso tê-lo perdido! Eu tenho tudo o que tinha e que não perdi, esse é o raciocínio certo! – Assim que disse essas palavras, Platão voltou ao normal e os dois monstros foram embora voando e grasnando, enquanto a vozinha gritava de alegria. Todo orgulhoso do seu sucesso, Platão dirigiu-se a Aquiles, mas em seu lugar viu uma vaca gorda, comendo mato.

– Aquiles? É você?

– É, sou eu – respondeu a vaca. – Aqueles dois me convenceram, afinal.

– Mas você não é uma vaca!

– Eu também achava que não, porque nunca tinha percebido que tinha chifres, um rabo e que produzia leite. Mas, vou te dizer, estava cansado de ser herói – respondeu Aquiles, dando de ombros. Foi então que Platão percebeu que ele ainda tinha os pés e as mãos de homem.

– E essas mãos? Não me parecem mãos de vaca – disse, da maneira mais educada que conseguiu.

– É verdade – concordou a vaca –, mas perdi meus cascos, quando fui à praia há algum tempo. Aliás, agora que você falou nisso, vou lá ver se os acho.

Aquiles então se despediu de Platão e da tartaruga e foi embora, balaçando o rabo.

– Veja, quando é usada para enganar os bobos, a Lógica pode ser muito perigosa. Por isso deve ser usada com cuidado e lentamente, como eu faço – disse a tartaruga, enquanto observava Aquiles se distanciando.

– Mas eu consegui passar no teste – falou Platão, todo orgulhoso.

– Não deixe que isso te suba à cabeça. Os sofistas são apenas charlatães, que usam raciocínios equivocados para se aproveitar dos estúpidos. Com eles, basta pensar um pouco. Mas o próximo guardião será muito mais perigoso, e você não vai conseguir vencê-lo assim tão facilmente.

A tartaruga recomeçou a caminhar, sinalizando ao menino para que a seguisse. Platão começava a ficar

bastante preocupado e se perguntava que tipo de monstro seria o próximo guardião.

"Talvez tenha cabeça de leão, corpo de dragão e rabo de escorpião. Ou então cabeça de tubarão e garras como as de um caranguejo e...", sugeria a vozinha.

"Talvez esteja na hora de você ficar calada", pensou Platão, que começava a ficar nervoso.

Bem lentamente, os dois chegaram diante de uma grande parede, com um enorme portão coberto de desenhos de criaturas terríveis e uma frase escrita em letras enormes: "Cuidado com o monstro."

A tartaruga o indicou, dizendo:

– Para chegar à verdade, você deverá passar pelo portão e derrotar o guardião.

Platão, que não tinha gostado nem um pouco daquela frase, perguntou:

– Não haveria por acaso um outro caminho?

– Não – respondeu a tartaruga.

– Mas será que eu preciso mesmo ir?

CUIDADO COM O MONSTRO

– Ninguém está o obrigando, mas se você quiser chegar à verdade, não há outro caminho. Eu não posso ajudá-lo, as tartarugas não abrem portas nem portões, todo mundo sabe.

"Até parece que é por isso", notou a vozinha.

Platão, de qualquer jeito, entendera que não havia meios de discutir com aquela tartaruga e, em vez de gastar tempo conversando, preferiu continuar seu caminho. Por sorte, ele era muito robusto e, empurrando com toda a força que tinha, conseguiu, enfim, abrir o pesadíssimo portão.

Depois de ter passado por ele, encontrou-se em um imenso salão escuro, no qual ecoavam os passos de alguém que se aproximava. Platão teve a impressão de ter cometido um grande erro e ficou petrificado onde estava. A vozinha, que tinha certeza absoluta de que abrir o portão fora um erro enorme, continuava repetindo: "... orelhas de castor, escamas de cobra, garras de tigre, olhos de gato..."

E então um ser incrível parou diante de Platão e da tartaruga. Tinha cabeça de homem, corpo de homem e pernas de homem. Resumindo, era um homem muito normal, com o passo pesado: a última coisa que Platão imaginava que veria ali.

"Só isso?", disse a vozinha.

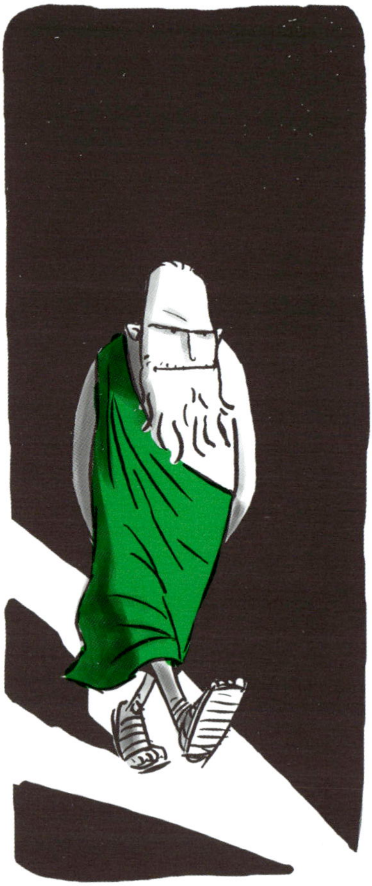

"Não falo mais com você", pensou Platão, que no fim das contas estava satisfeito. Virou-se para a tartaruga e perguntou:

– O guardião é esse?

A tartaruga fez que sim com a cabeça, muito séria. Platão virou-se para o guardião e o cumprimentou, um pouco hesitante. Para começar, tentou ser bem-educado.

– Olá. Preciso ir conhecer a Verdade. Posso passar?

– Mas claro, fique à vontade! – respondeu o homem, gentilmente.

Platão agradeceu e começou a andar pelo salão. Não parecia possível que fosse tão simples. Porém, assim que se aproximou do homem, este o pegou pela túnica, ergueu-o do chão e, sem muita gentileza, jogou-o longe, bem ao lado da tartaruga.

– Que modos são esses!? – disse Platão, assim que se recuperou da aterrissagem.

A tartaruga respondeu sem se abalar:

– Aquele é Epimênides, o cretense. Você deve saber que em Creta há muitos marinheiros, todos mentirosos, e Epimênides é o mais mentiroso.

– Não é verdade – respondeu Epimênides, sorrindo satisfeito.

– Viu? – disse a tartaruga. – Falou outra mentira.

Platão se levantou e limpou sua roupa.

– E o que preciso fazer?

– Se quiser passar, você deve obrigá-lo a dizer a verdade.

Platão então pensou em Aquiles e no quanto todos os seus músculos teriam ajudado naquela situação.

Epimênides não era um monstro, mas seria impossível convencê-lo com a força. Se quisesse passar, Platão precisaria inventar alguma coisa. Então tentou conversar um pouco.

– Você é o guardião?

– Não, sou a princesa do Monte das Melancias. Meu pai é um triângulo com quatro lados e é o presidente

da associação dos solteiros casados. Minha mãe é a quina de uma bola e é um homem.

Como piada não estava mal, pensou Platão. À primeira vista, este Epimênides era um osso duro de roer. Foi então que a vozinha teve uma ideia genial: "Tente corrompê-lo!", sugeriu. Platão foi rápido e disse:

– Aqui está todo o meu dinheiro. É suficiente para passar?

– Claro – respondeu Epimênides, fazendo desaparecer dois meses de mesada antes que Platão conseguisse fechar a mão; e aí o menino percebeu que fizera outra burrada.

Algumas horas depois, o nosso herói estava com a garganta seca e uma grande dor de cabeça, mas não tinha conseguido avançar um milímetro. Mais do que qualquer coisa, não aguentava mais ouvir as mentiras de Epimênides, que agora estava contando sobre quando subira um muro escalando-o com a orelha.

"Um segundo", disse a vozinha. "E se você tentasse fazê-lo falar de si?"

Platão achou que esse conselho era bom e tentou pô-lo em prática.

– Me diga, Epimênides, você é um mentiroso?

– Claro que não – respondeu o outro.

Platão sentia que estava no caminho certo e, rapidamente, entendeu o que deveria perguntar.

– E esta frase é falsa?

– Não.

– Então você falou a verdade, e eu posso passar! – disse Platão, triunfante.

– Não, era uma mentira! – respondeu então Epimênides, pego de surpresa.

– Se era uma mentira, então você disse a verdade agora, e eu posso passar. Se não era uma mentira, então era verdade, e eu posso passar do mesmo jeito. Pense um pouco – concluiu Platão.

Epimênides continuava pensando, mas quanto mais pensava, menos entendia. Se era verdade que era falsa ou falso que era verdadeira, então... ou então... estava tão confuso que, enquanto ele fundia o cérebro, Platão e a tartaruga passaram tranquilos pelo salão, saindo pela porta dos fundos.

Do lado de fora, havia um campo enorme e, sobre ele, suspenso no meio das nuvens, o palácio mais bonito que Platão jamais vira.

– Aquela – disse a tartaruga – é a casa da Verdade. Você precisa passar pela última prova para poder visitá-la.

– Mas como vou fazer para chegar nas nuvens?

– Eu não posso ajudá-lo, mas eles sim – respondeu a tartaruga, indicando uma biga, que aparecera no campo como que por magia.

Presos a ela, havia dois esplêndidos cavalos alados, um branco e um negro, que brigavam entre si.

– Para chegar à Verdade, você precisa guiar aquela biga. O cavalo branco é a Razão: é muito obediente, mas não é forte o suficiente para chegar até as nuvens. Por isso precisa do outro cavalo, os Sentidos e as Paixões. É um cavalo muito forte, mas se rebela sempre.

– Como assim?

– Às vezes os sentidos fazem ver uma coisa que não existe, como quando você está com medo e, em vez de uma sombra, vê um monstro. E as paixões também podem fazer brincadeiras feias, como quando não queremos admitir uma verdade que nos desagrada. Se quiser chegar à verdade, você deverá fazê-los parar de brigar.

Depois de dizer isso, a tartaruga se virou e começou a ir embora, sem sequer se despedir. Platão, que nunca guiara uma biga antes na vida, correu atrás dela, gritando:

– Não me deixe aqui sozinho! Espere!

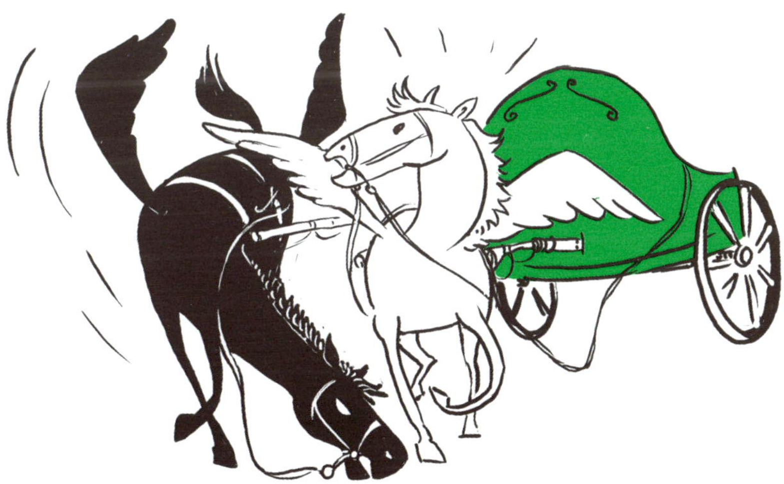

Mas a tartaruga não parava, e, por mais que fosse lenta, Platão não conseguia alcançá-la nunca, exatamente como aconteceu com Aquiles. No fim, teve que se conformar em ficar sozinho, e foi em direção à biga, muito desanimado.

Assim que subiu nela, os cavalos empinaram, abriram as grandes asas e dispararam como duas flechas no céu. Platão se viu à mercê dos dois animais: enquanto estivera no chão e seguira os passinhos da tartaruga, havia conseguido se virar, mas agora, voando, não era capaz de guiar os dois cavalos alados de jeito nenhum. Um deles subia para o céu, o outro descia para a terra; quando não iam em direções opostas, começavam a brigar, fazendo uma grande bagunça; o resultado era que Platão se via dividido entre os dois lados, sem poder fazer nada. Foi então que entendeu o que o seu professor Sócrates quisera dizer quando explicara que chegar à verdade é muito difícil, e só depois de anos e anos de estudos se podia tentar alcançá-la.

Nesse ínterim, o cavalo branco ficava cada vez mais cansado, e o negro puxava como um possuído para baixo, como se quisesse se esborrachar no chão. A terra estava cada vez mais perto, Platão gritou o mais forte que podia e...

... acordou sob a árvore, ao lado do seu professor, Sócrates, que o observava assustado.

– Pelo jeito que você estava gritando, deve ter tido um pesadelo horrível – disse Sócrates.

Platão, sem responder, se jogou no seu colo, abraçando-o. O professor olhou para ele, desconfiado.

– A que devo todo esse afeto?

– Entendi que você tinha razão, e que a busca pela verdade é uma coisa perigosa! Juro que não vou mais fazer perguntas estúpidas e que não vou mais tentar dirigir uma biga com dois cavalos alados!

Sócrates não entendeu muito bem a história da biga, mas ficou muito claro que o seu aluno, depois daquele cochilo, tinha posto as ideias no lugar. Quando conseguiu soltar-se de seu abraço, pôs a mão na cabeça dele e disse:

– Bom, não sei como, mas, ao que parece, hoje você aprendeu duas coisas importantes. A busca pela verdade é uma coisa difícil e não é preciso ter pressa de aprender. Além disso...

– Além disso? – perguntou Platão.

– Não existe nada melhor que um cochilo para clarear as ideias. Agora venha, vamos recomeçar a nossa aula.

Esta história é completamente falsa. Mas também é verdadeira, e é verdade que é falsa, e é falso também que ela seja verdadeira, mas essa é uma outra história. O que é verdade, e que é verdade e basta, é que, daquele dia em diante, Platão continuou tendo aulas com Sócrates sem reclamar. Muitos anos depois daquele dia, ele também virou um filósofo e continuou por toda a sua vida procurando a verdade. Talvez não tenha conseguido alcançá-la, mas procurou-a tão bem que os seus livros continuam sendo lidos e estudados até os dias de hoje, e inspiram muitas pessoas.

Algumas perguntas e respostas...

Platão foi o melhor e mais famoso dos muitos discípulos de Sócrates. Depois que o seu professor morreu na prisão, ele decidiu escrever seus ensinamentos, também porque Sócrates vivia tão ocupado em dar aulas que nunca havia encontrado tempo para escrever sequer duas linhas. É graças a ele que temos esta história e também todas as outras que estão contidas nos Diálogos, isto é, os relatos onde Sócrates discute com outras pessoas e expõe as suas ideias.

O que é um filósofo?

Há tantas respostas para esta pergunta que desde o tempo dos gregos até hoje os sábios não conseguiram chegar a um acordo. Filósofo quer dizer "amigo da sabedoria", e indica uma pessoa que busca responder a perguntas muito difíceis, tais como: "O que é certo e o que é errado?", "Como são as coisas realmente?" e, também, "O que acontece depois que se morre?".

Os gregos foram os primeiros filósofos, que naquele tempo eram também cientistas e estudavam a natureza. Hoje, mesmo tanto tempo depois de Platão, muitas das perguntas que Sócrates fazia ainda estão sem resposta. Talvez, com um pouco dc sorte, você possa encontrá-las. Quem sabe?

A história que você acabou de ler, com algumas modificações, foi inspirada pelo pensamento de muitos filósofos gregos mais antigos que Sócrates e que Platão, especialmente Zênon (que foi o primeiro a narrar as aventuras de Aquiles e da tartaruga) e Górgias, o mais famoso e o maior dos sofistas. Sabemos pouco sobre eles, mas temos informações sobre suas obras graças principalmente a um dos muitos alunos de Platão: Aristóteles.

O que é a lógica?

Como diz a tartaruga da história, é a ciência que se ocupa em estudar as formas dos discursos, para saber se estão certos ou não. Hoje os lógicos são um pouco matemáticos e um pouco filósofos, e desde os tempos de Platão avançaram bastante (entre muitas coisas, resolveram o problema do homem que sempre conta mentiras e inventaram a informática, a ciência que faz funcionar os computadores). Como muitas outras coisas, a lógica foi inventada pelos gregos, e Aristóteles, aquele aluno de Platão de quem pegamos

várias das histórias contadas aqui, é considerado o seu fundador oficial.

O que é um paradoxo?

A palavra deriva do grego antigo e quer dizer "contra a opinião comum". É um raciocínio correto, mas que leva a conclusões incríveis, como a que os homens têm chifres ou que o homem mais veloz do mundo não consegue alcançar uma tartaruga. Quando uma dessas conclusões surge, é sinal de que ou as premissas estão erradas (como no caso dos chifres) ou a abordagem da questão tem algo de equivocado (como é o caso de Aquiles e a tartaruga), ou então há um grande problema na maneira como raciocinamos e falamos (como no caso do homem que diz sempre mentiras).

Quem são os dois cavalos?

Na história, representam a Razão (que é algo como um tipo muito particular de inteligência, que não erra nunca, é igual para todos, mas que ninguém sabe como é constituída nem se existe de fato) e os Sentidos. Estes são os dois instrumentos que usamos para nos guiarmos no mundo, conhecendo as coisas, como se fossem cavalos puxando uma biga. Platão torcia pela Razão: para ele, os olhos do corpo podem ser enganados e cometer equívocos, enquanto os olhos da alma não erram nunca e veem a verdade claramente. Muitos filósofos depois de Platão não concordaram com ele, mas até hoje se discute se sua opinião está correta ou não, sinal de que esta ainda é uma questão sobre a qual é necessário refletir com bastante atenção.

Os sofistas eram filósofos um pouco diferentes, para os quais não interessava encontrar a Verdade: preferiam convencer quem quer que fosse das coisas mais inacreditáveis, exercitando-se em demonstrar tudo e o contrário de tudo. Como essa habilidade podia ser útil às vezes, cobravam muito dinheiro para ensinar suas técnicas aos ricos. Os outros filósofos não gostavam nada disso, porque, segundo eles, era errado, mas os sofistas não se importavam, pois achavam que o verdadeiro e o falso eram só opiniões, assim como o bem e o mal.

Impressão: Gráfica Stamppa, Rio de Janeiro – RJ.